An tOllamh Sneachtapus

Sa Tóir ar an yeití

Le Gabriel Rosenstock
Maisithe ag Carol Betera

Do Ghabriel. C.B.

Is mise an tOllamh Sneachtapus.
Cé thusa?

Slán!
Táim ag dul ar ais
go dtí na Himáilithe!
Sa tóir ar an Yeití!

An maith leat sneachta?

Mo chara!

Gnó nó pléisiúr?
Ceist mhaith!

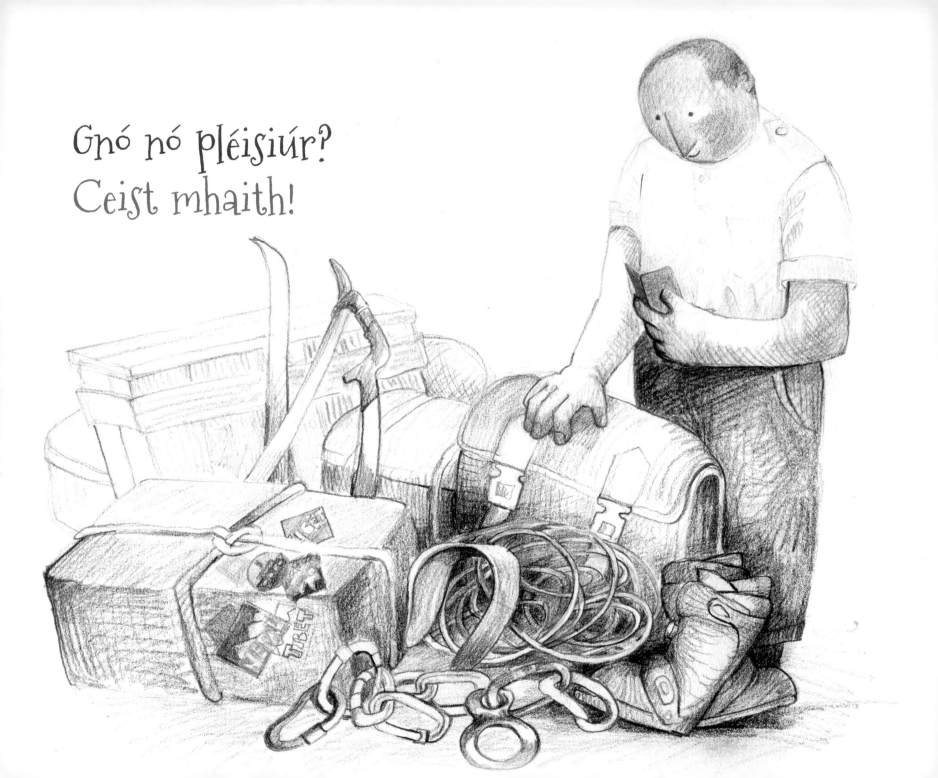

Na sléibhte!

Praghas maith duitse.
Lúidín Yeití!

An Yeití, más é do thoil é?

Ní fhaca sibh Yetí thart anseo?

A Yeití, a Yeití! Cá bhfuil tú?
An tOllamh Sneachtapus anseo!

As an mbealach!

An Yetí, gan dabht!

Táim chugat, a Yetí!
Táim chugat!

An bhfaca mé an Yeití?
Ní fhaca mé an Yeití.
Agus an bhfuil a fhios agat
cén fáth nach bhfaca mé an Yeití?
Mar nach ann dó!
Is Ollamh le Yeití-eolaíocht
in Ollscoil Hamburg mé agus
glac uaimse é:
níl a leithéid de rud
ann agus Yeití!
Téigh abhaile duit féin!

Níl a leithéid de rud ann
agus Yeití, ab ea?
Ab ea anois?
Cad é seo mar sin?
Cad é seo, a mhic ó?
Hath?
Lúidín an Yeití!

Tá an fear bocht
as a mheabhair!

Níl sé ann!

Beidh cúpla caor Goji agam.

Dia ár sábháil!

Dia dhuit!

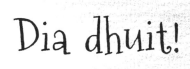

Bliain níos déanaí...

Yeití? Yeití?
Neti-Neti! Yeití?
Ní ceist mhór í sin.
Ceist bheag í sin.
Ceist an-an-an-bheag.
Beag bídeach.

Bhuel...

An Yetí ambaist!
Dia linn!

Yeití!

Sa bhaile arís...

Meas tú?

"Ní rabhas in ann an leabhar
seo a chur síos!"

Gabriel Rosenstock

"Bhriseas mo chroí ag gáire!"

An Yetí